LEKTÜRE HILFE

Charlotte

David Foenkinos

DER QUERLESER

LEKTÜRE HILFE

Charlotte

David Foenkinos

Verfasst von Laurence Lissoir
Übersetzt von Gerda Fischer

DER QUERLESER

DAVID FOENKINOS

FRANZÖSISCHER ROMANCIER

- **Geboren 1974 in Paris**
- **Einige seiner Werke:**
  - *Das erotische Potenzial meiner Frau* (2004), Roman
  - *La Délicatesse* (2009), Roman
  - *Die Erinnerungen* (2011), Roman

Erst im Alter von 16 Jahren, als er wegen einer Rippenfellentzündung operiert wurde und mehrere Monate bettlägerig war, begann er zu lesen, zu malen und Gitarre zu spielen. Nachdem er vergeblich versucht hatte, eine Musikgruppe zu gründen, wandte er sich nach seinem Abschluss in Literaturwissenschaften an der Sorbonne dem Schreiben zu. In seinen Romanen behandelt David Foenkinos das Thema *Liebe* meist mit Humor.

Mit seinen 40 Jahren wurde der junge Autor bereits mit mehreren Preisen ausgezeichnet. So erhielt er 2004 den Prix Roger Nimier *für Le Potentiel érotique de ma femme* und 2010 den Prix Conversation für *La Délicatesse*. Im Jahr 2014 gewann er mit seinem Werk *Charlotte* den Prix Renaudot und den Prix Goncourt des lycéens.

CHARLOTTE

ZWISCHEN FANTASIEVOLLER LIEBE UND FAMILIÄREM DETERMINISMUS

- **Genre:** Romanhafte Biografie
- **Referenzausgabe:** *Charlotte*, Paris, Gallimard, 2014, 221 S.
- **1re Ausgabe:** 2014
- **Hauptthemen:** Charlotte Salomon, Nationalsozialismus, Intoleranz, Ausgrenzung, Liebe, Heimat, Familie, Kunst, Krieg

Charlotte ist eine romantisierte Biografie über das Leben von Charlotte Salomon, einer jungen deutsch-jüdischen Künstlerin, die während des Zweiten Weltkriegs vergast wurde. Das Buch zeichnet ihren künstlerischen Werdegang anhand ihrer Werke und ihren familiären Hintergrund infolge der Nachforschungen von David Foenkinos nach. Der Roman ist in freien Versen geschrieben und jeder Satz ist unterteilt, was dem Text den Charakter eines langen Gedichts mit einem gewissen Rhythmus verleiht.

Als *Charlotte* veröffentlicht wurde, war sie mit über 400.000 verkauften Exemplaren ein echter Bestseller. Das Buch wurde mit dem Prix Goncourt des lycéens und dem Prix Renaudot ausgezeichnet. Die Presse lobt den Roman für seinen besonderen literarischen Stil und die

Art und Weise, wie er den Leser in den Rhythmus der Sätze und des Lebens von Charlotte Salomon versetzt, aber er wird auch für seine naive, falsch vereinfachende Prosa und seine Aussagen kritisiert, da er nie wirklich erklärt, warum er von der deutschen Künstlerin besessen ist.

ZUSAMMENFASSUNG

DAS „GANZE LEBEN" EINER KÜNSTLERIN

Charlotte Salomon war eine deutsch-jüdische Künstlerin, die 1917 in Berlin geboren wurde und 1943 in Auschwitz starb. Sie wurde von den Gräueltaten ihrer Zeit zutiefst beeinflusst und ist für ihr autobiografisches Werk *Leben? oder Theater?* (1940-1942) bekannt. Mithilfe der drei Grundfarben (Rot, Blau und Gelb) malte sie rund 800 Bilder, die ihre Mutter, ihren Vater und ihre leidenschaftliche Liebe zu Alfred Wolfsohn, die tragische Kristallnacht und ihr Exil in Frankreich thematisieren. Das Besondere an ihrem malerischen Werk ist, dass es von beschreibenden Texten, literarischen Zitaten und musikalischen Referenzen begleitet wird.

Charlotte vertraute ihr Werk Ottilie Moore an, einer reichen Amerikanerin, die sie und ihre Großeltern auf der Flucht in Südfrankreich aufgenommen hatte. Diese wiederum übergab das wertvolle Erbe 1947 an die Eltern der Künstlerin, die den Krieg überlebt hatten. Fast 15 Jahre lang kümmerten sie sich um das „ganze Leben" ihrer Tochter, die in einer Gaskammer in Auschwitz ermordet wurde. Erst 1961 werden Charlottes Bilder zum ersten Mal in Amsterdam ausgestellt. Der Erfolg war damals sofort und international: Das Werk faszinierte durch seine Originalität. *Leben? Oder Theater?* wird in Buchform veröffentlicht und in mehrere Sprachen übersetzt. Der Ruhm der Künstlerin währte jedoch nicht lange und das

Werk geriet nach und nach in Vergessenheit. Die Originalkollektion befindet sich heute im Jüdischen Museum in Amsterdam und wird dort nur selten ausgestellt.

David Foenkinos, der vom Werk Charlotte Salomons begeistert ist, erzählt in seinem Buch *Charlotte* auf romantisierende Weise das Leben der Künstlerin.

EINE FAMILIE, DIE MIT SELBSTMORD IN VERBINDUNG GEBRACHT WIRD

Die Geschichte der Familie der Künstlerin scheint eine deterministische Wirkung zu haben: Alle Frauen werden in den Selbstmord getrieben. Die erste war Charlotte, ihre Tante, eine junge Frau, die alles zu haben schien, um glücklich zu sein, und die eines Nachts beschloss, sich das Leben zu nehmen, indem sie sich freiwillig ertränkte.

Um ihr Leid zu überwinden und nicht mehr an ihre verstorbene Schwester zu denken, setzt sich Franziska, die Mutter der zukünftigen Malerin, für eine größere Sache ein und begibt sich im Ersten Weltkrieg als Krankenschwester auf die Schlachtfelder. Bei der Operation eines Soldaten lernt sie ihren zukünftigen jüdischen Ehemann Albert kennen. Die Nachkriegszeit und die Ankunft ihrer Tochter lenken Franziska einige Jahre lang von ihren Selbstmordgedanken ab. Dennoch kann sie der Versuchung der Leere nicht widerstehen und stürzt sich schließlich aus dem Fenster, um endlich zu ihrer Schwester zu gelangen. Da Charlotte die wahren

Umstände des Todes ihrer Mutter nicht kennt, verbringt sie viel Zeit auf dem Friedhof, wo sie auf die Ankunft ihrer Mutter in Gestalt eines Engels wartet, und zieht sich immer mehr in sich selbst zurück. Sie beginnt, zwanghaft die großen deutschen Autoren wie Goethe, Hesse, Nietzsche und Döblin zu lesen.

DIE ENTDECKUNG DER LEIDENSCHAFT

Mit der Ankunft von Paula, einer berühmten Sängerin und neuen Lebensgefährtin ihres Vaters, entdeckt Charlotte ihre Obsession: Alfred, der Gesangslehrer ihrer Stiefmutter, spukt in all ihren Gedanken herum. Nach dieser Begegnung entwickelt Charlotte ihren Kunstgeschmack und beginnt zu malen, um Musikalität und Poesie zu illustrieren.

Als sich die wenigen Treffen mit Alfred häufen, lässt sie ihre Gespräche und intimen Momente immer wieder Revue passieren. Verrückt vor Liebe zu dem Professor, werden diese Ereignisse zu Malerei in ihrem Werk *Leben? Oder Theater?* Sie beginnt synästhetisch zu malen, indem sie Musik, Malerei und Poesie vermischt.

Ihr Talent wird bemerkt und dank ihrer Beziehungen gelingt es ihr, trotz der vielen Einschränkungen für Juden in die Kunstakademie aufgenommen zu werden. Nicht ohne Protest wird Charlotte aufgenommen, aber es wird von ihr verlangt, sich unauffällig zu verhalten. An der Akademie absolviert Charlotte einen nicht übermäßigen, nicht wellenförmigen Parcours, aber ihre Arbeit wird geschätzt und die Professoren sind sich über ihr „Genie“

einig. Dort lernt sie auch Barbara kennen, eine junge blonde Deutsche, die außer der Verführungskunst kein Talent hat und das genaue Gegenteil von Charlotte ist. Barbara redet und Charlotte hört ihr zu, in der geheimen Hoffnung, ihr ähnlicher zu werden.

Bei der Preisverleihung am Ende des Schuljahres wird der erste Preis anonym ermittelt, um keinen Schüler zu bevorzugen. Einstimmig wird das Gemälde von Charlotte ausgewählt. Angesichts der Ausgrenzung von Juden und der wenig freundlichen Aufnahme moderner Kunst zu dieser Zeit weigert sich die gesamte Lehrerschaft jedoch, den Preis an eine Jüdin zu überreichen, da sie die Konsequenzen fürchtet. Charlotte wird über die Situation informiert und schlägt vor, dass Barbara an ihrer Stelle den Preis erhält. Drei Tage lang lacht diese ununterbrochen und Charlotte weint.

Unterschwellig ist der Aufstieg des Faschismus durch die zahlreichen Misshandlungen spürbar, die Charlotte miterlebt und manchmal auch selbst erleidet: Sie wird von allen Ehrungen ausgeschlossen, ihr Vater darf seinen Beruf nicht mehr ausüben und ihre Stiefmutter wird bei ihren Konzerten ausgebuht. Nach der Kristallnacht (1938) wird ihr Vater in ein Lager geschickt. Nach der Befreiung aus dem Lager zwingen Charlottes Eltern sie, das Land zu verlassen und zu ihren Großeltern zu ziehen. Sie lebten bei einer reichen Amerikanerin namens Ottilie Moore in Südfrankreich.

EXIL IN SÜDFRANKREICH

Unter dem Vorwand, nur ihre kranke Großmutter für ein paar Tage besuchen zu wollen, muss Charlotte auf dem Bahnsteig ihre gesamte Kindheit und ihre zarte Liebe Alfred zurücklassen. Er sagt ihr zum Abschied: „Mögest du nie vergessen, dass ich an dich glaube“ (S. 129).

Von der Schönheit der französischen Landschaft überwältigt, erlebt Charlotte ihre Ankunft in Villefranche-sur-Mer als Erleichterung. Auf dem Anwesen von Ottilie Moore, das den Spitznamen „L'Ermitage“ trägt, beobachtet Charlotte die Wunder des Lebens durch das Spiel und Lachen der Kinder. Doch die junge Frau will nicht aktiv an der neu beginnenden Existenz teilnehmen, da sie sich schuldig fühlt, weil sie aus ihrer Heimatstadt geflohen ist und ihre Familie ihrem traurigen Schicksal überlassen hat. Die stille und verschlossene Charlotte beginnt, die Kinder in ihrer Umgebung zu zeichnen. Ottilie bemerkt ihr Talent und ermutigt sie zum Malen, indem sie ihre Skizzen kauft und ihr die Materialien zur Verfügung stellt, die sie für ihre Kunst benötigt.

Im Laufe der Zeit verschlechtert sich die Beziehung zwischen den Großeltern und ihrem Gastgeber, bis sie eines Tages beschließen, mit Charlotte in ein Haus in Nizza zu ziehen. Nach dem Selbstmord ihrer Großmutter, auf die sie fast Tag und Nacht aufgepasst hatte, explodiert ihr Großvater vor Wut und offenbart ihr die wahre Todesursache ihrer Mutter. Charlotte begreift, dass alle Frauen in ihrer Familie von der Leere angezogen werden, und stellt eine Logik fest: Zwischen dem Tod ihrer

Mutter und dem ihrer Tante sowie ihrer Großmutter liegen 13 Jahre. Charlotte legt daher fest, dass sie sich wahrscheinlich 1953 das Leben nehmen wird. Im Juni 1940 werden sie und ihr Großvater in ein Arbeitslager geschickt, aus dem sie glücklicherweise einige Monate später aufgrund des Gesundheitszustands des alten Mannes wieder entlassen werden. Sie ist erschüttert und verloren und erkennt durch den Arzt Moribis, dass sie malen muss, um zu leben und nicht dem Wahnsinn zu verfallen. Sie beschließt, sich fast zwei Jahre lang in einem Hotelzimmer einzuschließen, um sich ihrer Kunst zu widmen. Diese lebensrettende Tätigkeit führt zu einer bildhaften Autobiografie, die aus 800 Gouachen und gemalten Texten mit musikalischen Anmerkungen besteht, die sie an die von ihrer Mutter auf dem Klavier gespielten Melodien sowie an die lyrischen Stücke von Paula und Alfred erinnern.

DAS ENDE

Nachdem das Werk vollendet ist, übergibt Charlotte ihre Arbeit dem Arzt Moribis und beschließt, in die Eremitage zurückzukehren, wo Alexander Nagler, ein ehemaliger Liebhaber Ottilies, wohnt. Zwischen den beiden Einzelgängern entsteht eine Liebesgeschichte. Sie hört auf, ihren widerwärtigen Großvater zu besuchen, als dieser stirbt und sie ohne Familie zurücklässt. Die beiden Liebenden beschließen zu heiraten und Charlotte wird schwanger. Nach der italienischen Kapitulation und der Ankunft des SS-Mannes Alois Brunner (1912-2010) werden die Menschen zur Denunziation gedrängt und in ganz Frankreich werden Razzien von Juden organisiert. Trotz ihrer Verschwiegenheit läutet eine telefonische Denunziation vom 21. September 1943 das Ende für die junge Malerin und baldige Mutter ein. Am 27. September erreichten sie und ihr ebenfalls jüdischer Ehemann nach einer langen Reise in einem Waggon zusammengepfercht das Durchgangslager in Drancy. Charlotte schöpfte Hoffnung, als sie an ihren Vater dachte, der aus dem Lager Theresienstadt befreit worden war, an ihren Großvater und sie, die aus dem Lager Gurs lebend herausgekommen waren, und schließlich an die Episode mit dem SS-Mann, der sie auf dem Weg in ein Todeslager aus dem Bus geholt hatte.

Am Zielort Auschwitz angekommen, wird sie zusammen mit vielen anderen Frauen direkt in die Dusche geschickt, die nichts anderes als eine Gaskammer ist. Die Inschrift am Eingang des Lagers „*Arbeit macht* frei" ist der letzte Satz, den sie liest.

UNTERSUCHUNG DER CHARAKTERE

CHARLOTTE SALOMON

Charlotte Salomon ist eine deutsch-jüdische Künstlerin, die am 16. April 1917 geboren wurde und im Oktober 1943 starb. Als charmante junge Frau mit blauen Augen und blonden Haaren wurde sie mehrfach für eine Arierin gehalten. Mit ihrer Leidenschaft für die Kunst entwickelte sie ihren eigenen Stil und wurde von vielen Menschen als „Genie“ angesehen.

Sie ist von Natur aus still, zurückhaltend und seit dem Tod ihrer Mutter einsam. Sie ist durch starke kindliche Gefühle an ihren Vater und ihre Stiefmutter gebunden und trifft schließlich die Entscheidung, sich der freien Zone anzuschließen, um ihrem Vater weitere Sorgen zu ersparen. Seit ihrer Begegnung mit Alfred, dem Gesangslehrer ihrer Stiefmutter, ist Charlotte von ihm besessen und verliebt sich unsterblich in ihn. Ihre Trennung war für die junge Frau schwer zu verkraften, da sie noch viele Jahre lang von seinem Bild verfolgt wurde. Schließlich verewigt sie Alfred und ihre Liebe zu ihm in ihrem Werk *Leben? Oder Theater?*

Im Roman als diskrete und beobachtende Frau dargestellt, bleibt Charlotte in den schrecklichsten Situationen ruhig und gefasst, insbesondere als sie in das Lager

Drancy deportiert wird. In Frankreich widmet sie ihre ganze Zeit der Arbeit an ihrem Werk und scheint bis zum Zeitpunkt ihrer Schwangerschaft unerreichbar zu sein.

Sie ist der Verbindungspunkt zwischen allen Personen und hinterlässt in deren Erinnerung einen bleibenden Eindruck.

FRANZISKA GRUNWALD

Sie ist die Mutter von Charlotte Salomon. Seit dem Tod ihrer jüngeren Schwester Charlotte ist sie verschlossen und trübsinnig. Als sie den Arzt Albert Salomon kennenlernt und ihre Tochter geboren wird, wird sie für einige Zeit aus ihrer krankhaften Traurigkeit gerissen. Im Laufe der Zeit und da ihr Mann oft abwesend war, fiel sie wieder in ihre Verwirrung zurück und die Depression gewann langsam wieder die Oberhand. Als Maniacodepressive wechselt sie innerhalb kürzester Zeit von einem lethargischen Zustand in einen Zustand der Erregung: So kann sie ihre Tochter hin und her bringen und sich dann tagelang einschließen. Schließlich begeht sie Selbstmord, indem sie sich aus einem Fenster des Hauses ihrer Eltern stürzt.

ALBERT SALOMON

Der Waisenjunge Albert ist ein brillanter Mann, der sich voll und ganz seiner Arbeit widmet. Während des Ersten Weltkriegs wird er als Chirurg auf das Schlachtfeld geschickt und lernt dort seine Frau Franziska kennen. Er verfolgte eine erfolgreiche Karriere als Arzt und hatte bis 1933 einen Lehrauftrag an einer Universität in Berlin. In diesem Jahr begann sein beruflicher Abstieg, da Juden ihren Beruf nicht mehr frei ausüben durften.

Nach den Pogromen in der Kristallnacht wird er im Lager Sachsenhausen inhaftiert. Nach vier Monaten wird er dank des Einflusses seiner Frau entlassen, da er von der körperlichen Arbeit erschöpft ist. Er ist nun hager und paranoid und hat nur noch eine Obsession: seine Tochter in die freie Zone zu bringen, wo sie in Sicherheit leben kann.

Er wiederum flieht mit seiner Frau Paula aus Deutschland in die Niederlande, wo sie 1943 schließlich verhaftet werden. Sie können jedoch aus dem Lager Westerbork fliehen und halten sich bis zum Ende des Krieges versteckt.

PAULA LINDBERG

Sie ist eine berühmte Sängerin und wird als unauffällig, aber ausgestettet mit einem atemberaubenden Talent beschrieben. Für Charlotte ist sie eine fürsorgliche Stiefmutter. Mit der Machtübernahme der Nationalsozialisten erfährt sie aufgrund ihres Status als Jüdin einen sozialen Abstieg, den sie nur schwer akzeptieren kann.

ALFRED WOLFSOHN

Der 1896 geborene und 1962 verstorbene Gesangslehrer war der Erfinder einer Technik zur Positionierung der

Stimme. Selbstbewusst, konsequent und furchtlos war er seit seiner Rückkehr von der Front des Ersten Weltkriegs vom Orpheus-Mythos besessen, in dem der Held die Unterwelt durchquert, um seine Geliebte wiederzufinden: Er denkt ständig an den Weg durch die Finsternis. Während der Nazizeit durfte er nicht mehr bei nichtjüdischen Patienten praktizieren und nahm daher Paula Lindberg, Charlottes Stiefmutter, in die er sich verliebte, als Schülerin an.

Er ist an Charlottes künstlerischen Fähigkeiten interessiert und erlebt schließlich eine Romanze ohne besondere Bindung in den Armen der jungen Frau. Während er zeitlebens von ihr besessen sein wird, hat er seinerseits nur eine einzige echte Leidenschaft, die Musik. Erst nach dem Krieg, als er das Buch von Charlotte *Leben? Oder Theater?*, das im Anschluss an eine Ausstellung über das Werk der jungen Künstlerin veröffentlicht wurde, liest, wird ihm bewusst, welchen Einfluss er auf sie hatte.

DIE GROSSELTERN

Diese Menschen, die am Boden zerstört sind, weil ihre beiden Töchter gestorben sind, lieben ihre Enkelin sehr und geben ihren Geschmack für Kunst an sie weiter. Durch ihre zahlreichen Museumsbesuche lernt Charlotte die Malerei kennen. Sie waren gezwungen, ins Ausland zu ziehen, als die ersten Einschränkungen für Juden in Deutschland begannen.

Die Großmutter erscheint genauso deprimiert wie ihre Töchter: Sie scheint darum zu kämpfen, nicht zu sterben. Eines Tages wird sie dement und ist davon überzeugt, dass die Nazis alle Juden töten werden. Sie begeht Selbstmord, indem sie aus dem Fenster springt.

Ihr Ehemann wird als wortkarger Mensch beschrieben, der zurückgezogen lebt. Nach dem Tod seiner Frau, geprägt von den tragischen Ereignissen in seinem Leben, lässt er Charlotte ein wahres Martyrium durchleben, sowohl psychisch als auch physisch: „Er bringt sie dazu, sich auszuziehen und gegen ihn zu kommen." (S. 169) Er stirbt an Altersschwäche, was für seine Enkelin eine Erleichterung ist.

OTTILIE MOORE

Als reiche Amerikanerin, die nach Südfrankreich gezogen ist, nimmt sie viele Waisenkinder auf und bietet ihnen ein angenehmes Lebensumfeld. Sie ist großzügig und nimmt Charlotte und ihre Großeltern eine Zeit lang bei sich auf. Sie ist eine große Stütze für die junge Künstlerin, gibt ihr Ratschläge und stellt ihr Malmaterial zur Verfügung. Sobald die freie Zone von den Deutschen eingenommen wird, kehrt sie in die USA zurück.

Als sie nach dem Krieg nach Villefranche-sur-Mer zurückkehrt, erbt sie über den Arzt Moridis Charlottes Werk, das sie schließlich Charlottes Eltern übergibt.

DOKTOR MORIDIS

Als Hausarzt der Eremitage lernt er Charlotte bei seinen zahlreichen Besuchen kennen und entdeckt ihr Genie und ihren künstlerischen Wahnsinn. Er spielt eine wichtige Rolle in der Weitergabe des Werks von Charlotte Salomon. Er wird auch Trauzeuge bei der Hochzeit von Charlotte und Alexander.

ALEXANDER NAGLER

Ottilie Moores ehemaliger Liebhaber, der 40-jährige jüdische Österreicher, versteckt sich mit äußerster Diskretion auf dem verlassenen Anwesen seiner ehemaligen Geliebten. Er ist von stiller, beschützender und ungeschickter Natur, groß, hat eine Narbe auf der Stirn und hinkt an den Folgen eines Unfalls in seiner Jugend. Charlotte ist von der Feinfühligkeit dieses Mannes berührt und will ihn schließlich beschützen.

In dieser Angst kommen sich Alexander und Charlotte nach und nach näher und beschließen schließlich zu heiraten. Er ist überglücklich, als er von Charlottes Schwangerschaft erfährt. Als die Künstlerin denunziert wird, beschließt er, mit ihr zu gehen, da er sie nicht allein lassen will. In Auschwitz wird er von seiner Frau getrennt und stirbt im Januar 1944 an Erschöpfung.

BARBARA

Barbara, die einzige Freundin, die Charlotte an der Kunstakademie besucht, ist das genaue Gegenteil der jungen Jüdin, deren aufmerksames Zuhören sie schätzt. Sie ist laut, exzentrisch und immer von jungen Männern umgeben. Sie ist eine reinrassige Deutsche und der Inbegriff der Arierin. Sie ist diejenige, die im letzten Juryentscheid von Charlottes Preis profitieren wird.

SCHLÜSSEL ZUM LESEN

Obwohl der Roman *Charlotte* auf historisch belegten Fakten beruht, behandelt er über das Prisma der Fantasie von der Jugend, der Adoleszenz und den künstlerischen Anfängen dieser Malerin. Das Buch vermischt zwei literarische Genres, die romantisierte Biografie und den Roman in freien Versen, was ihm viel Kritik eingebracht hat.

ZWISCHEN ROMANTISIERTER BIOGRAFIE UND ROMAN IN FREIEN VERSEN

Das Genre der romantisierten Biografie

Die romanisierte Biografie, auch „biografische Fiktion" genannt, ist ein literarisches Genre, das im Laufe des Jahres 2014 in Mode gekommen ist, und weist folgende Merkmale auf.

- Die Erzählung handelt von einer existierenden, bekannten und verstorbenen Hauptfigur: In diesem Fall konzentriert sich der Roman auf das Leben von Charlotte Salomon, einer jüdischen Malerin, die der expressionistischen Bewegung angehörte.
- Der Erzählrahmen wird auf der Grundlage von belegten Elementen wie Korrespondenzen, Untersuchungen, Referenzdokumenten oder auch historischen Ereignissen aufgebaut: David Foenkinos ließ sich von dem autobiografischen Werk der Künstlerin *Vie? Ou Théâtre?*,

in dem Charlotte selbst die Geschichten ihrer Familie, ihrer Kindheit und Jugend erzählt, die von Leidenschaft, dem Nationalsozialismus und dem Exil geprägt waren, inspirieren. David Foenkinos unternahm außerdem eine Art Pilgerreise, indem er alle Orte besuchte, an denen Charlotte lebte, und dort die Aussagen der Kinder von Zeitgenossen der Künstlerin sammelte.

- Die Fantasie des Autors füllt die Felder, die von der Geschichte oder den Recherchen leer gelassen wurden, um das Leben der Figur zu romantisieren: Dies ist während des gesamten Romans der Fall, vor allem aber am Ende, wenn er Charlottes letztes Lebensjahr und ihre Deportation beschreibt, über die nur wenige Informationen erhalten geblieben sind.
- Sehr oft tritt der Schriftsteller selbst in Erscheinung: Er ergreift mehrmals das Wort und erklärt seine Besessenheit von Charlotte und ihrem Werk: „Ich wusste es von dem Moment an, als ich *Leben? Oder Theater?* entdeckte. Alles, was ich liebte. Alles, was mich seit Jahren verwirrt hatte.“ (p. 70)

Die Kunst des freien Verses

Das Schreiben in freien Versen weist keine besondere Struktur auf: Die Sätze sind nicht gemessen, nicht in Strophenform organisiert und reimen sich nicht notwendigerweise. Sie übernimmt jedoch einige Merkmale des klassischen Verses, wie z. B. die Verwendung kurzer Sätze, die in eine Zeile passen, den Zeilenumbruch nach jedem Satz, ein Layout mit vielen Leerstellen, einen bestimmten Rhythmus, das Vorhandensein von Stilfiguren etc.

Der Autor verrät uns in seinem Roman den Grund für die Verwendung des freien Verses: Er gibt zu, dass er keine langen Sätze über Charlotte Salomon schreiben konnte, da er von ihr so besessen war und nicht wusste, wie er seine Geschichte schreiben sollte. Da er von dieser Figur bedrängt und erstickt wurde, entschied er sich für diese Art des Schreibens:

> „Es war ein körperliches Gefühl, eine Unterdrückung.
>
> Ich hatte das Bedürfnis, an die Angel zu gehen, um zu atmen.
>
> Da wurde mir klar, dass man es so schreiben muss". (p. 70)

Damit die allgemeine Form des Buches mit seiner Syntax übereinstimmt, hat der Autor seinen Text wie ein Gedicht organisiert: nummerierte Abschnitte, die Platz für ein visuelles Gedicht in freien Versen lassen; Zeilenumbrüche und Abstände.

DIE BEZIEHUNG ZWISCHEN BILDERN UND WORTEN

Charlotte Salomons autobiografisches Werk „*Leben? Oder Theater?*" ist ein äußerst komplexes Werk. Es beeindruckt die Leser durch die Faszination, die es bei jedem Einzelnen auslöst, sei es durch sein künstlerisches Talent oder das erschütternde Schicksal, das es beschreibt. In der Nähe eines Tagebuchs angesiedelt, ist *Leben? Oder Theater?* mehrere Disziplinen in einem: Malen, Schreiben und Musik.

1940 lebt die junge jüdische Künstlerin Charlotte Salomon als Flüchtling in Nizza in Südfrankreich. Drei große Ereignisse haben gerade ihr Leben geprägt und sie ist der Verzweiflung nahe: Ihre Großmutter hat Selbstmord begangen, sie hat die wahre Todesursache ihrer Mutter (Selbstmord) erfahren und sie ist gerade mit ihrem Großvater aus einem Arbeitslager geflohen. Ihr Arzt schlägt ihr zu ihrem eigenen Wohl vor, ihren Gefühlen und ihrem inneren Wahnsinn freien Lauf zu lassen. Dabei wird ihr bewusst, dass sie das Bedürfnis hat, ihr Leben zu Papier zu bringen. Charlotte ist davon überzeugt, dass sie wie alle Frauen in ihrer Familie vor ihr zum Selbstmord prädestiniert ist, und scheint eine Spur hinterlassen zu wollen, bevor sie verschwindet. Sie erforscht ihre Erinnerungen und möchte das Leben ihrer Familie, ihr eigenes Leben, die Gräueltaten an den Juden, ihre Besessenheit von der Kunst und von Alfred schildern.

Nach zwei Jahren der Isolation malte sie etwa 760 Gouachen im Format 30 mal 39 cm mit den drei Grundfarben Blau, Gelb und Rot. Die Gemälde sind in Buchform zusammengefasst und regelmäßig durch durchsichtige Folien voneinander getrennt, als hätte Charlotte versucht, eine Ausgabe schöner Bücher nachzubilden, wie sie in der Bibliothek ihres Vaters zu finden waren. Diese Gemälde im expressionistischen Stil scheinen mit Comics, die Text und Bilder vermischen, und mit Filmtechniken (Blickwinkel, Perspektive usw.) verwandt zu sein. So lassen sich die narrativen Gouachen in einer bestimmten Richtung lesen, die regelmäßig variiert (horizontal, vertikal, diagonal usw.), aus verschiedenen Blickwinkeln (Untersicht, Nahaufnahme usw.) und werden von zahlreichen Texten unterbrochen. In diesen finden sich erklärende Beschreibungen und

Dialoge – die nach den Vorgaben der Künstlerin laut vorgelesen werden müssen -, Zitate von Philosophen und aus literarischen Werken oder auch Texte deutscher Volkslieder. Die Musik wiederum reist zwischen den Zeichnungen und Texten hin und her, wie eine Melodie, die einem plötzlich durch den Kopf geht. Die Verweise auf Symphonien, Opern und andere musikalische Ausdrucksformen werden von der Autorin nicht angegeben, aber es lassen sich Werke von Bach (Komponist der Barockmusik, 1685-1750), Schubert (Komponist der romantischen Musik, 1797-1828) oder Gluck (Komponist der klassischen Musik, 1714-1787) erkennen. Charlotte, die nie in der ersten Person schreibt, erscheint unterschwellig in den Kommentaren der Figuren oder in der Erzählstimme, die den Rhythmus dieses Malereibuchs bestimmt.

In *Leben? Oder Theater?* gelingt es Charlotte, das „Leben" durch die von ihr gewählten Themen und künstlerischen Techniken neu zu erschaffen. Da ihr Werk sowohl den Sehsinn (Malerei) als auch den Hörsinn (Musik und Dialog) und den Tastsinn (Umblättern der Buchseiten) anspricht, ist die Aufgabe, es in seiner Gesamtheit öffentlich und zugänglich zu machen, mit zahlreichen Schwierigkeiten verbunden. Es ist unmöglich, jedem Betrachter und Leser zu erlauben, die zerbrechlichen Seiten der Sammlung umzublättern, da dies die Seiten beschädigen könnte; ebenso würde die Vermischung aller akustischen Referenzen (Musik und Dialoge) in einem Ausstellungsraum eine Art Kakophonie erzeugen. Diese Komplikationen zeigen die Originalität dieses außergewöhnlichen Werks.

GUT ZU WISSEN: EXPRESSIONISMUS

Der Begriff Expressionismus wurde erstmals 1911 verwendet und wird hauptsächlich mit der Zeit zwischen den beiden Weltkriegen in Verbindung gebracht. Die Werke dieser Kunstrichtung vermitteln eine ungesunde Atmosphäre der Revolte. Der Expressionismus zeichnet sich durch die Verwendung von kräftigen und aggressiven Farben aus, die die Realität auf verzerrte oder übertriebene Weise darstellen und niemanden gleichgültig lassen. Während der Nazizeit (1933-1945) wurde diese Strömung als eine Form der „entarteten Kunst" angesehen: Ihre Ausübung wurde verboten und mehrere Werke wurden sogar zerstört.

Der Expressionismus betrifft nicht nur die Malerei, sondern findet auch in anderen künstlerischen Disziplinen wie Literatur, Theater, Film und Musik Anklang. ***Der Schrei*** von Edvard Munch (1863-1944), ***Der Krieg*** von Otto Dix (1891-1969) oder ***Straßenszene in Berlin*** von Ernst Ludwig Kirchner (1880-1938) sind allesamt expressionistische Werke der Malerei.

DIE BESESSENHEIT EINES SCHRIFTSTELLERS

An mehreren Stellen kommt David Foenkinos zwischen den Zeilen zu Wort, um wie zwischen jedem Atemzug seine Besessenheit von der Künstlerin Charlotte Salomon auszudrücken. Bevor er von ihr besessen war, begeisterte sich der Autor für Aby Warburg (1866-1929), einen Kunsthistoriker, der eine reiche Bibliothek besaß. Schon damals fühlte er sich von der Nation Deutschland angezogen, deren Sprache er nicht beherrschte, was ihn jedoch nicht davon abhielt, seine Figuren in mehreren seiner Romane damit auszustatten. Er begeisterte sich auch für alle Formen der germanischen Kunst, von der Musik über die Literatur bis hin zur Malerei und dem Design.

Seine Entdeckung des Werks von Charlotte Salomon erfolgte zufällig auf seinen Streifzügen und auf Einladung einer Freundin, die in einem Museum in Berlin arbeitete. Sie nahm ihn mit in den Raum, in dem das Werk der jüdischen Künstlerin vorübergehend ausgestellt war. Für David Foenkinos ist es Liebe auf den ersten Blick und der Beginn einer wahren Obsession:

> „Und das war sofort der Fall.
>
> Das Gefühl, endlich das gefunden zu haben, wonach ich gesucht habe.
>
> [...] Das unmittelbare Einverständnis mit jemandem.“ (p. 69-70)

Der Schriftsteller beginnt daraufhin, Charlottes Leben zu erforschen. Jahrelang durchforstet er ihr Werk und nimmt auch in seinen eigenen Romanen darauf Bezug. Er träumt davon, die Biografie der Künstlerin zu schreiben, um das Werk *Leben? Oder Theater? Er* beschließt, eine Art Pilgerreise zu unternehmen und alle Orte zu besuchen, an denen Charlotte gelebt hat: ihre Schule, ihre Wohnung, die Eremitage, das Hotel usw. Er entscheidet sich dafür, sich auf die Reise zu begeben, um das Buch zu schreiben.

> „Viele Male, meine Schritte in seinen Fußstapfen.
>
> Hin und her auf den Spuren von Charlotte als Kind.“ (p. 33)

Er weiß jedoch nicht, wie er das Werk verfassen soll: „Welche Form sollte meine Besessenheit annehmen?“ (S. 71) Er erstickt vor Angst, seine selbst auferlegte Pflicht zur Erinnerung zu verletzen. Da er nicht in der Lage ist, zwei Sätze hintereinander zu schreiben, beschließt er, in freien Versen zu schreiben, wobei er wie zum Atemholen über die Zeilen geht.

Dieses poetische Werk hat niemanden unberührt gelassen. Von einigen gefeiert und von anderen ermordet, offenbart *Charlotte* eine Virtuosität, die den größten literarischen Werken würdig ist, und hinterlässt eine Spur im Unterbewusstsein des Lesers.

DENKANSTÖSSE

EINIGE FRAGEN, UM IHRE ÜBERLEGUNGEN ZU VERTIEFEN...

- Wie kann man die historische Perspektive dieses Romans analysieren?
- Wie würden Sie den Schreibstil der Autorin definieren?
- Welches Bild wird Ihrer Meinung nach in diesem Werk mit der männlichen Figur assoziiert?
- Glauben Sie, dass es sich bei Charlottes Familie tatsächlich um Determinismus handelt, oder sind die Selbstmorde Ihrer Meinung nach mit äußeren Ereignissen verbunden?
- Welchen Platz nimmt die Kunst in diesem Roman ein? Inwiefern erscheint sie bei Charlotte als befreiend? Erläutern Sie.
- Kommentieren Sie den Satz *Arbeit macht frei anhand* des historischen Kontextes.
- Fassen Sie die wichtigsten Elemente des Zweiten Weltkriegs zusammen, indem Sie die im Werk genannten historischen Elemente heranziehen.
- Analysieren Sie den Charakter von Ottilie Moore. Betrachten Sie sie als Kriegsheldin?
- Analysieren Sie Alexanders Rede, als er sich zum Juden erklärt, um Charlotte heiraten zu können. Schreiben

Sie einen argumentativen Dialog, in dem Sie versuchen, seine Wahl kritisch zu hinterfragen.

- Kommentieren Sie das Epigraph des Romans: „Wer, lebend, das Leben nicht bewältigt, braucht eine Hand, die die Verzweiflung, die ihm sein Schicksal bereitet, ein wenig beiseite schiebt." Wie verstehen Sie nach der Lektüre des Romans dieses Kafka-Zitat aus dem *Tagebuch*?

WEITERFÜHRENDE INFORMATIONEN

REFERENZAUSGABE

Foenkinos D. *Charlotte*, Paris, Gallimard, 2014.

Malerisches Werk

Salomon C., *Leben? Ou Théâtre?* Paris, Le Tripode Éditions, 2015.

Deine Meinung ist uns wichtig!
Hinterlasse doch einen Kommentar auf der Seite
unserer Online-Buchhandlung
und teile Deine Favoriten in den sozialen Netzwerken!

MARKETING MIX

INFORMAÇÃO CHAVE

- **Nomes:** marketing mix, marketing-mix, política de marketing mix.
- **Utilizações:** o marketing mix é um instrumento básico para as decisões de marketing.
- **Por que é bem sucedido?** O modelo resume todas as ferramentas à disposição dos especialistas de marketing para a tomada de decisões.
- **Palavras-chave:** produto, preço, lugar, promoção, mercado alvo.

INTRODUÇÃO

História

O termo 'marketing mix' apareceu pela primeira vez no artigo intitulado 'The Concept of the Marketing Mix' (1948) escrito pelo teórico Neil H. Borden (1895-1980), professor de marketing e publicidade na Harvard Business School. Ele próprio afirmou ter sido inspirado pela investigação de James W. Culliton (1912-2004) que descreveu o papel dos gestores de marketing como "misturadores de ingredientes" e propôs uma lista de doze elementos do marketing mix industrial nesta fase. Em 1960, o Professor Jerome McCarthy (nascido em pode ser resumido da seguinte forma: o produto certo, no lugar certo, ao preço certo, no momento certo. Para o fazer, é necessário:

- criar um produto ou serviço que um determinado grupo de pessoas deseja;
- vendê-lo num local regularmente visitado por estes indivíduos;
- comercializá-lo a um preço que corresponda às expectativas do cliente;
- torná-lo disponível quando estes clientes o desejarem.

Esta abordagem é apropriada, mas não se deve ignorar a significativa carga de trabalho necessária para recolher todos os dados necessários, tais como necessidades, expectativas e comportamento dos clientes. É ainda necessário determinar como produzir o bem ou serviço, a que preço e quando deve ser comercializado para otimizar as vendas. Esta ideia requer um conhecimento detalhado do mercado alvo, o que também é necessário. Aqui, entra em jogo a análise do mercado.

OS COMPONENTES DO MODELO

Política de produtos

Um 'produto' é uma oferta que satisfaz uma necessidade num mercado. Por outras palavras, um produto pode ser um objeto físico ou um serviço introduzido no mercado para satisfazer o desejo ou a necessidade após a compra e utilização ou consumo. A política do produto refere-se, portanto, à escolha das características dos bens ou serviços oferecidos pela empresa, por outras palavras, a natureza, qualidade, tamanho, desenho, etc.. Pode também incluir decisões sobre a marca, embalagem, rótulo ou a gama de produtos.

Política de preços

O preço é a quantidade de dinheiro que o consumidor deve gastar para adquirir o produto. A política de preços inclui os conceitos de:

- preço fixo, ou seja, o preço oferecido nas lojas
- descontos
- condições de pagamento
- condições de retoma
- condições de crédito.

Isto questiona o processo de fixação do preço de um produto ou de fixação de preços dentro de uma gama. A política de preços não é fixa e pode mudar em função das promoções ou de acordo com o ciclo de vida do produto. Deve ter em conta uma série de restrições e variáveis, tanto entre produtores como entre consumidores: preço de custo, imagem do produto, custos de distribuição, elasticidade do preço (ou seja, o impacto de uma alteração de preço na procura do consumidor), condições de concorrência (monopólio, oligopólio, concorrência, etc.).

Política de distribuição

O P de 'lugar' ('*place*' em inglês)corresponde à política de distribuição.

Envolve:

- canais de distribuição
- redes de distribuição
- organização
- locais
- disponibilidade
- transportes
- logística.

A empresa tem o dever de estabelecer e manter a rede de distribuição, e também de escolher os seus pontos de venda (as suas próprias lojas ou distribuidores) que serão responsáveis por apresentar o produto, assegurar a sua disponibilidade nas prateleiras, oferecer promoções, ou prestar aconselhamento aos clientes.

Política de comunicação

O quarto P, 'promoção', envolve comunicação.

A política de comunicação inclui principalmente:

- publicidade
- marketing direto ou marketing em pontos de venda

- relações públicas
- patrocínio.

Paradoxalmente, pode, até certo ponto, afetar o preço (prémios, cupões ou ofertas especiais de tempo limitado, por exemplo), mas continua a ser um ato de comunicação e não uma política de preços.

A interdependência destas políticas

A equipa de marketing precisa de assegurar que estas decisões são tomadas com pensamento aos intermediários de distribuição e clientes finais, enquanto que o gestor de marketing é responsável por compreender as necessidades e expectativas dos clientes e fornecer uma oferta ou solução. Ele informa os clientes e escolhe um preço que esteja de acordo com o seu valor percebido do produto. Ele deve então determinar os pontos de venda a retalho nos quais distribuir o produto.

Para as quatro políticas, cada decisão deve ser tomada tendo em conta os consumidores-alvo e o posicionamento que a empresa optou por adotar. Além disso, outras áreas devem também ser consideradas, como se estas decisões fossem tomadas separadamente, não têm qualquer interesse. De facto, a força do marketing mix está em combinar todos os elementos à disposição dos especialistas de marketing.

A relação entre preço e produto é essencial, mas não é a mais importante. Todos os elementos do marketing mix têm influência sobre os outros. Por exemplo, o preço deve ter em conta muitas variáveis, incluindo os outros Ps, ou seja, a marca, a distribuição e a rede de comunicação. A promoção ou distribuição pode também influenciar o preço de venda. Em 1979, Paul Farris e David Reibstein examinaram as relações entre as variáveis para determinar a sua influência. Assim, uma marca de qualidade padrão, com um forte apoio publicitário, pode facilmente aumentar o preço dos seus produtos. A distribuição também tem uma influência fundamental sobre a política de preços. Por exemplo, uma empresa não pode fixar os seus preços sem saber se o produto será distribuído diretamente pela marca ou através de um intermediário, que pode ser um pequeno revendedor ou um grande retalhista. Estas escolhas têm um impacto indireto nos custos de distribuição, que são uma variável fundamental dentro da política de preços. Em suma, as variáveis são interdependentes.

LIMITAÇÕES E EXTENSÕES

LIMITAÇÕES E CRÍTICAS

A gestão eficaz do marketing mix criará valor para a empresa aos olhos dos seus clientes. Portanto, a condição mais necessária é a de conhecer o alvo e definir o posicionamento da marca no mercado. O planeamento estratégico consiste em gerir todos estes dados com os elementos do marketing mix. Estabelecer um modelo utilizando os princípios desta teoria não é suficiente se ainda não tiver sido realizado um estudo do mercado-alvo.

A maioria dos críticos do modelo refere-se aos 4 Ps, em vez do próprio marketing mix. A mistura de marketing, na sua definição ampla, consiste nos "instrumentos operacionais de marketing" que permitem às empresas visar o seu mercado e alcançar os benefícios esperados (Kotler *et al.*, 2009: 29). É difícil criticar realmente o próprio marketing mix; mais frequentemente, a crítica visa a forma de o abordar.

Os autores que criticaram os 4 Ps tipicamente sugerem que este sistema de classificação deveria ser melhorado. Louis Michel Chevalier e Pierre Dubois, no seu livro sobre marketing, avançaram a ideia de que os 4 Ps não refletem a marca do produto, que é uma ligação entre a política de produto e a política de comunicação. No modelo apresentado por McCarthy e posteriormente retomado por Kotler, no entanto, o nome da marca faz parte da política de produto. Michel Chevalier e Pierre Louis Dubois afirmam também que embora o marketing mix deva considerar os 4 Ps simultaneamente, as diferentes políticas abordadas quase nunca são geridas pela mesma pessoa. Na realidade, o modelo de marketing mix é apresentado como um todo, o que sugere que uma única pessoa ou equipa toma todas as decisões. No entanto, os seus componentes pertencem frequentemente a diferentes sectores da empresa. Assim, a política de produtos pode vir de um CEO ou de serviços de inovação, enquanto a política de comunicação é gerida pelos serviços de comunicação.

Por último, devemos estar conscientes de que o marketing mix é apenas um instrumento geral para ajudar na tomada de decisões. Se analisarmos os detalhes de cada política, existem outros conceitos mais específicos a dominar. Por exemplo, a política de preços requer mais conhecimento de conceitos tais como taxas de retorno ou valor percebido.

MODELOS RELACIONADOS

Os 7 Ps

Para colmatar as lacunas do modelo dos 4 Ps, alguns autores recomendam a adição de novos componentes. O mais conhecido destes modelos é o 7 Ps (1981) de Bernard H. Booms e Mary Jo Bitner, que complementa os 4 Ps definidos por McCarthy, acrescentando pessoas, processos e provas físicas.

- As "Pessoas", tal como entendidas pelos 7 Ps, não representam os clientes da empresa, mas o pessoal que implementa as estratégias de marketing. A sua influência é importante, porque estão em contacto com potenciais clientes. A reputação e a imagem da empresa estão nas suas mãos e são vistas pelos seus olhos. As "pessoas" são um dos poucos elementos do marketing mix com o qual os clientes podem interagir.
- "Processo" refere-se à forma como o comerciante fornece um serviço ao cliente eficaz e adequado. Isto pode incluir serviço ao cliente, aconselhamento, horário de abertura ou mesmo entrega ao domicílio. É uma forma de construir a lealdade à marca.
- Por "Provas físicas" entende-se os componentes físicos do armazém, tais como as janelas ou a organização da prateleira, para produtos tangíveis.

Podemos criticar a contribuição conceptual destes três Ps adicionais, uma vez que as ideias que eles representam podem ser incluídas nos 4 Ps. 'Processo' originais de McCarthy, no sentido mais lato, está relacionado com o conceito de produto. 'Pessoas' está essencialmente relacionado com o produto e a promoção. 'Prova física› é entendida, pelo menos em parte, por promoção.

OS

Outros Ps são também propostos:

- Philip Kotler, em *Principles of Marketing* (1986) sugere acrescentar "poder político" e "opinião pública";

- Claudio Vignali e B. J. Davies, em 'The Marketing Mix Redefined and Mapped': Introduzindo o Modelo MIXMAP' (1994), entretanto propõe acrescentar um 'S' para 'serviço'.

Os sectores acrescentados ao modelo de base também permitem frequentemente melhorar o marketing mix no domínio dos serviços. Segundo os ensinamentos, isto também se aplica ao 'posicionamento', 'embalagem', 'participação' ou 'personalização', que aparecem principalmente nas técnicas de web 2.0 e de marketing 2.0.

Os 4 Cs

Um modelo paralelo aos 4 Ps, chamado os 4 Cs, também surgiu para abordar uma das principais críticas ao modelo de McCarthy, nomeadamente a perspetiva tendenciosa em relação ao comerciante em detrimento do comprador. Robert F. Lauterborn construiu os 4 Cs a partir dos 4 Ps e apresentou o conceito em *New Marketing Litany: Quatro Ps Passé, C-Words Take Over* (1990): estão mais centrados no cliente do que no produto. Este modelo faz sentido quando se considera que o objetivo do marketing é satisfazer as necessidades do cliente.

Os 4 Cs são:

- Consumidor: a política de produtos torna-se a solução oferecida ao consumidor. Temos de oferecer aos clientes o que realmente procuram e, para tal, estudar o seu comportamento de compra.

- Custo: a política de preços é o custo para o consumidor. Na realidade, o preço é apenas uma parte do custo que o cliente está disposto a pagar. O custo inclui o preço de compra, mas também o custo de aquisição, utilização e abandono de um produto e o custo dos acessórios do produto.
- Comunicação: trata-se agora de pura comunicação, que é mais cooperativa e tende a criar um diálogo entre a empresa e o cliente potencial. O objetivo é que a comunicação não provenha apenas da empresa, mas também do contacto com os clientes.
- Conveniência: em vez de estabelecer estratégias de distribuição, o comerciante coloca-se na posição do cliente para compreender quais são as facilidades de acesso que lhe permitem adquirir o produto. Com a chegada e o sucesso da Internet, considerando este elemento tornou-se cada vez mais importante.

APLICAÇÃO PRÁTICA

CONSELHOS E DICAS DE TOPO

O marketing mix pode ajudar na tomada de decisões como parte de uma nova oferta no mercado ou no teste de uma oferta existente. Escusado será dizer que devemos primeiro identificar o objeto a ser analisado, seja um produto, um serviço ou uma marca, por exemplo.

Antes de construir ou analisar a estratégia de marketing com base nos 4 Ps ou num modelo relacionado, a empresa deve definir o seu mercado-alvo. Para tal, deve realizar um estudo de mercado, que lhe permitirá compreender melhor as expectativas dos consumidores e posicionar-se em conformidade.

Além disso, é necessário realizar uma análise interna e externa da empresa para determinar a segmentação do mercado (divisão do mercado em grupos homogéneos de consumidores com base nas suas necessidades, características ou comportamentos).

A empresa segue então um ou mais segmentos do mercado e escolhe um alvo de marketing (segmentos selecionados de acordo com o interesse estratégico que representam para a empresa).

Uma vez estabelecido o alvo, pode definir o seu posicionamento, ou seja, colocar o seu produto entre os concorrentes.

Note-se aqui que os consumidores são centrais para a abordagem de marketing. É por esta razão que o modelo dos 4 Cs é frequentemente preferido aos 4 Ps, mesmo que as variáveis aqui sejam simplesmente discutidas de outro ângulo.

Para estabelecer a sua estratégia de marketing mix, a empresa deve então responder a uma série de perguntas para cada componente do modelo.

Determinar os atributos do produto/serviço

O primeiro passo consiste em determinar os atributos do produto ou serviço. Para tal, devemos fazer as seguintes perguntas:

- O que é que o consumidor espera do produto ou serviço?
- Quais são os atributos necessários do produto para responder a essas expectativas?
- Como e em que contexto irá o cliente utilizar o produto?
- Qual é o aspecto do produto? Esta pergunta inclui a aparência do próprio produto, mas também a sua embalagem.
- Qual é o nome e a marca que deve ser dada ao produto?
- Em que é que o produto é diferente do dos seus concorrentes?
- Qual é o preço de custo máximo para que a sua venda se mantenha rentável?

Durante esta primeira fase, as perguntas relativas ao produto são semelhantes às que devem ser feitas ao considerar a política de preços.

Determinar a política de preços

O preço pode ser fixado de acordo com os custos ou o valor percebido do produto. Qualquer que seja a abordagem escolhida, deve ser capaz de responder às seguintes questões:

- Qual é o valor do produto para o consumidor?
- Este produto tem um preço base? Onde está posicionado de acordo com os seus concorrentes?
- O produto tem muita elasticidade de preço? Os preços podem ser reduzidos para aumentar a quota de mercado? Por outro lado, o aumento do preço geraria mais lucros?

Determinar os meios de comunicação

No que respeita à comunicação, não se trata apenas de escolher uma abordagem. Os instrumentos à disposição dos comerciantes são tão numerosos que um departamento especial dedicado à comunicação é muitas vezes encarregado de encontrar a melhor forma de atingir o público-alvo, uma vez identificado. É essencial conhecer o alvo e a reação desejada antes de estabelecer uma estratégia, a fim de escolher os meios de comunicação apropriados. A maior parte dos gastos em comunicação é dedicada à publicidade. Isto pode envolver a utilização de campanhas:

- imprensa (geral ou especializada)
- ecrãs
- TV
- rádio
- cinema
- comunicação via Internet.

Lembre-se, mesmo que a promoção de vendas esteja ligada à política de preços (amostras, prémios, concursos, cupões, etc.), continua a ser uma ação de política de comunicação.

Podemos acrescentar à lista anterior com outras ferramentas, como por exemplo:

- relações públicas
- marketing direto e interativo (utilizando personalização e interatividade)
- marketing viral (frequentemente praticado na Internet)
- venda (que envolve uma troca interpessoal entre a marca e o cliente).

É também útil fazer as seguintes perguntas:

- Quais são as formas mais eficazes de atingir o público-alvo?
- Quando é a melhor altura para começar a promoção? O mercado em que estou a operar é sazonal?

- Que atividades de comunicação são utilizadas pelos concorrentes? Influenciam a escolha das ações?

Determinar os locais de distribuição

Para "local", a estratégia de distribuição deve ser determinada de acordo com os outros componentes da mistura de comercialização. O posicionamento do produto/serviço escolhido antecipadamente influencia inevitavelmente a decisão sobre o modo de distribuição.

A "promoção" e o "lugar" também interagem se a empresa optar por adotar uma estratégia de "push" (baseada na força de vendas e na rede de distribuição) ou uma estratégia de "pull" (baseada na comunicação ao consumidor e, em particular, na publicidade) na sua política de distribuição.

É BOM SABER: ESTRATÉGIAS DE PUSH E PULL

A estratégia de distribuição push foi concebida para levar o produto até ao cliente. A empresa utiliza a sua força de vendas e a sua política de distribuição para encorajar o cliente a escolher o seu produto. A compra por impulso é um bom exemplo disso.

Por outro lado, a estratégia de atração envolve atrair clientes para o produto. Isto geralmente utiliza a comunicação e a publicidade para encorajar o cliente a querer o produto.

O próprio produto também influenciará as escolhas: isto é uma compra rotineira ou especial? É uma mercadoria ou um artigo de luxo? Todas as variáveis definidas anteriormente entram em consideração, uma vez que elas próprias são influenciadas pela política de distribuição. Por exemplo, o desenvolvimento da sua própria rede de distribuição irá influenciar o preço e a comunicação. O comerciante deve ainda ser capaz de responder a uma série de perguntas:

- Onde é que os potenciais clientes vão para comprar o produto?
- Os clientes irão comprar este produto mais facilmente numa loja geral, numa loja especializada, online ou mesmo por correio?
- O sistema de distribuição escolhido é facilmente acessível?
- É necessária a gestão de uma força de vendas?
- O que estão os concorrentes a fazer? Como pode o modelo ser adaptado ou diferenciado?

ESTUDOS DE CASO

Neste estudo de caso, apresentamos duas empresas que têm confiado na estratégia de marketing mix da McCarthy. O primeiro caso, dedicado à cadeia alemã de lojas Aldi, é retirado de *The Times 100, Business Case Studies* e mostra como, numa indústria muito competitiva, um produto que não é necessariamente inovador pode prevalecer e criar valor através de uma estratégia eficiente dos outros elementos do marketing mix.

O segundo caso vem de uma conversa entre Alain Afflelou, Stephen Gless e Dominique Lichel (*L'Entreprise*, Outubro de 2006) e um artigo de Baptise Diebold (2006). Esta análise traz à luz a poderosa estratégia de marketing criada por Afflelou, que inova em cada área do marketing mix.

Aldi – criação de valor através do marketing mix

Desde a sua fundação em 1913, a Aldi tem conseguido estabelecer-se como um dos maiores retalhistas da Europa. O seu objetivo original era fornecer aos clientes produtos que compram regularmente, vendidos sob a sua própria marca Aldi, a preços competitivos. Na estratégia de marketing desta empresa, os diferentes elementos do marketing mix estão todos alinhados. A inovação não é feita através do produto, mas da forma como os 4 Ps são estruturados para criar uma verdadeira estratégia de marketing mix.

A Aldi tenta fornecer uma grande variedade de produtos de qualidade padrão, vendidos sob a sua própria marca. O primeiro 'P' no centro da sua estratégia empresarial é o 'preço'. A fim de oferecer produtos mais baratos do que os seus concorrentes, a empresa baseia a sua política na otimização de custos e adapta as outras políticas 'P' para se adequarem a este objetivo.

Os produtos são comprados em grandes quantidades e gasta-se pouco dinheiro a embelezá-los (embalagem, marca, etc.).

A nível da distribuição, a empresa tenta mais uma vez reduzir os custos limitando as prateleiras e os expositores nos pontos de venda. Em termos de localização das suas lojas, são tidos em conta quatro critérios:

- o número de pessoas que visitam ou vivem na zona;
- baixa concorrência: Aldi está geralmente fora dos centros das cidades e em locais com boa visibilidade a partir da estrada principal, com o mínimo de competição circundante;
- acessibilidade da loja, inclusive através de transportes públicos;
- um número suficiente de lugares de estacionamento.

A comunicação da empresa centra-se na retenção de clientes e reforça a mensagem das políticas de preços e de produtos: Os produtos Aldi são da mesma qualidade que os das grandes marcas, mas mais baratos. As brochuras promocionais são assim distribuídas nas lojas para encorajar os clientes a regressar. Para além dos meios de comunicação, a empresa centra-se também nas relações-públicas, listas de correio, gestão de redes sociais e ações que destacam os seus produtos através de uma fonte externa do negócio. Para tal, a Aldi participa em muitos concursos anuais de produtos. Ganhar estes concursos permite-lhe aumentar a sua visibilidade, mas também a sua credibilidade, uma vez que um terceiro, parte neutra, nomeou os seus produtos como os melhores.

A Aldi tem uma abordagem de vendas detalhada que lhe confere uma vantagem num mercado muito competitivo. O equilíbrio alcançado através do marketing mix permite-lhe oferecer produtos de boa qualidade a preços o mais baixos possível. A sua política de comunicação permite-lhe melhorar a imagem dos seus produtos, ao mesmo tempo que enfatiza os seus preços. Finalmente, a sua política de posicionamento significa que não tem de aumentar os custos de distribuição. Nenhuma grande inovação parece ter sido feita em preço, produto, lugar ou promoção, mas o equilíbrio entre estas quatro políticas permitiu à Aldi encontrar o seu lugar no mercado.

Afflelou - um sucesso baseado na inovação nos diferentes elementos do mix

Alain Afflelou abriu a sua primeira loja em 1970 em Bordeaux. Em 1984, a cadeia já tinha quase 100 franquias. Em 2012, a marca tinha 722 lojas em toda a França e mais de 1000 no total. Este sucesso deve-se ao facto de a marca ter conseguido inovar em cada uma das áreas de marketing mix.

- Produto: A Afflelou sempre ofereceu inovações em óculos e lentes de contacto com, por exemplo, óculos virtualmente indestrutíveis. Para clientes com mais de quarenta anos, a marca lançou 'Forty', um pacote de quatro óculos que lhes permite ver de perto. Estes produtos não parecem revolucionários, mas a marca foi a primeira a oferecê-los.

- Preço: Afflelou foi a primeira marca a propor preços de "pechincha" incluindo a promoção "Chin-Chin", oferecendo um segundo par por um euro extra. A relação preço-produto já teria sido suficiente, mas a estratégia completa de marketing mix garantiu à empresa uma posição verdadeiramente dominante no mercado.
- Lugar: a marca também inovou no campo da distribuição. De facto, tem a sua própria rede de distribuição, mas as suas lojas foram também as primeiras a ter expositores de quadros de acesso aberto.
- Promoção (comunicação): a marca atribui uma parte significativa do seu orçamento ao departamento responsável pela promoção - que é certamente um dos maiores do sector - e utiliza o patrocínio (parceiro do torneio de ténis French Open e do clube de futebol Paris Saint-Germain).

A empresa Afflelou estabeleceu uma estratégia inovadora em cada elemento do marketing mix, assegurando ao mesmo tempo a coerência entre eles.

Conclusão

Os casos de Aldi e Afflelou são muito diferentes. Para a Aldi, o sucesso da estratégia depende da coerência entre as quatro políticas. No caso da Afflelou, o sucesso vem da inovação em cada área do marketing mix. Para além do facto de o marketing mix fornecer a uma empresa as ferramentas para atingir os seus objetivos, o modelo também leva os comerciantes a pensar na sua estratégia de marketing como um todo.

RESUMO

- O marketing mix fornece aos especialistas de marketing um conjunto de ferramentas que lhes permitirão tomar decisões em relação ao mercado definido.
- Objetivo: o marketing mix é utilizado para lançar um novo produto no mercado ou para testar uma estratégia de marketing existente.
- Os 4 Ps: proposto por McCarthy em 1960, este modelo inclui as ferramentas de marketing mix em quatro categorias: produto, preço, local (distribuição) e promoção (comunicação).
- Teóricos: Neil Borden introduziu o conceito do marketing mix (1948) e McCarthy desenvolveu o conceito dos 4 Ps (1960).
- Contexto: o marketing mix surgiu no contexto do aumento do consumo de massa.
- Componentes: produto, preço, local, promoção.
- Vantagens: o marketing mix resume de forma clara todas as ferramentas à disposição dos especialistas de marketing para a tomada de decisões.
- Limites: o marketing mix é uma abordagem abrangente da estratégia de marketing, mas é necessário utilizar outros instrumentos quando se trabalha em profundidade numa estratégia. As decisões relativas às diferentes políticas são frequentemente o

resultado de várias pessoas ou serviços, o que torna difícil manter a coerência entre os 4 Ps.

- Extensões: são frequentemente acrescentados três Ps (pessoas, processo e provas físicas) para completar os quatro Ps do modelo de McCarthy. Os 4 Cs (consumidor, custo, comunicação, conveniência) são outra variante do conceito, concentrando-se mais no cliente.
- Dica: antes de tomar decisões relativas aos 4 Ps, a empresa deve ter a certeza de conhecer o mercado alvo no qual se quer posicionar.

LEITURA ADICIONAL

BIBLIOGRAFIA

Sítio web de Alain Afflelou: http://www.alainafflelou.fr/

Armstrong, G. e Kotler, P. (2007) *Principes de marketing*. [8ª edição]. Paris: Pearson Education.

Booms, B. H. e Bitner, M. J. (1981) Marketing Strategies and Organisation Structure for Service Firms. Em Donnelly, J. e George, W. R. *Marketing of Services*. Chicago: Associação Americana de Marketing. pp. 47-51.

Borden, N. H. (1964) The concept of marketing mix. *Journal of Advertising Research*.

Estudos de casos de negócios. (Sem data) Criação de valor através do marketing mix, um estudo de caso da Aldi. *O estudo de caso Times 100. [Online]. [Acedido a* 22 de Maio de 2014]. Disponível a partir de: <http://businesscasestudies.co.uk/aldi/creating-value-through-the-marketing-mix/introduction.html#axzz4S2tz9DPH>

Byrne, K. (2004) Managing your marketing mix. *Jornal dos Contabilistas*.

Chevalier, M. e Dubois, P. L. (2009) *Les 100 mots du marketing*. Paris: PUF.

Demos. (2012) *Le marketing mix ou mix marketing, de la stratégie à l'opérationnel*. Paris: Demos.

Diebold, B. (2006) Afflelou entrevoit la vie sans Alain. *Desafios*. Volume 29.

Faris, P. e Reibstein, D. (1979) How Prices, Expenditures and Profits are Linked. *Harvard Business Review.* [Edição de Novembro/Dezembro]. pp. 173-184.

Kotler, P. (1986) *Principles of Marketing.* [3ª edição]. Upper Saddle River (Nova Jersey): Prentice Hall.

Kotler, P., Keller, K., Manceau, D. e Dubois, B. (2009) *Marketing Management.* [13a edição]. Paris: Pearson Education.

Lauterborn, R. F. (1990) New Marketing Litany: Quatro Ps Passé, C-Words Take Over. *Idade da Publicidade.* 61(41).

Magrath, A. J. (1986) When Marketing Services, 4Ps are not Enough. *Horizontes de Negócios.* 29(3), pp. 45-50.

Maillet, T. (2010) *Le Marketing et son histoire ou le Mythe de Sisyphe réinventé.* Paris: Pocket.

McCarthy, J. E. (1960) *Basic Marketing : A Managerial Approach.* Homewood (Illinois): R.D. Irwin.

Pariot, Y. (2011) *Les Outils du marketing stratégique et opérationnel.* [2ª edição]. Paris: Eyrolles.

Van den Bulte, C. e van Waterschoot, W. (1992) The 4 P Classification of the Marketing Mix Revisited. *Journal of Marketing.* pp. 83-93.

Queremos ouvir de si!
Deixe um comentário sobre a sua biblioteca online
e partilhe os seus livros favoritos nas redes sociais!

A editora assegura a fiabilidade da informação publicada, a qual, no entanto, não poderia assumir a sua responsabilidade.

Mestre ISBN: 9782808065610
Papel ISBN: 9782808065900
Depósito legal: D/2022/12603/119

Desenho digital: Primento,
o parceiro digital dos editores.